KB115094

그리운
곡선

그리운 곡선

발행일 2021년 8월 23일

지은이 이광렬 그림 황미례
펴낸이 손형국
펴낸곳 (주)북랩
편집인 선일영 편집 정두철, 배진용, 김현아, 박준, 장하영
디자인 이현수, 한수희, 김윤주, 허지혜 제작 박기성, 황동현, 구성우, 권태련
마케팅 김회란, 박진관
출판등록 2004. 12. 1(제2012-000051호)
주소 서울특별시 금천구 가산디지털 1로 168, 우림라이온스밸리 B동 B113~114호, C동 B101호
홈페이지 www.book.co.kr
전화번호 (02)2026-5777 팩스 (02)2026-5747

ISBN 979-11-6539-935-1 03810 (종이책) 979-11-6539-936-8 05810 (전자책)

이광렬 세 번째 시집

그리운 곡선

시를 쓸수록 어렵게 느껴진다. 이전에는 간혹 대리 감정으로 쓴 시도 있었다. 내가 직접 겪고 느끼고 쓴 시가 더 가슴에 와닿는다는 걸 깨달았기에 주로 체험을 바탕으로 소재를 선택했다. 1집 '고래의 꿈'과, 2집 '우리의 세상'처럼 쉽게 감상할 수 있고 편하게 표현했으며 함축적인 메시지 전달을 위해 시어를 선택하는 데도 좀 더 심혈을 기울였다. 삼국유사의 고장, 내 고향 군위에서 일상의 다양한 소재거리가 시로 탄생하는 경우가 많다. 또한 살아오면서 만났던 이들에 대한 좋은 기억들을 시로 표현하기도 했다. 주로 퇴근 후 강둑을 걸으며 계절의 변화를 피부로 느끼며 자연의 섭리와 서녘 하늘의 오묘함도 발견하기도 한다. 시골에서 늘 자연과 접할 수 있는 것은 특권이라 생각한다.

아마득한 추억들을 기억해내기도 했는데 동시대를 살아온 분들에게는 공감할 수 있고 시대가 변해도 순수한 마음만은 같으리라 생각한다. 신세대에겐 다소 현실감의 차이가 있을지 모르나 나만의 색으로 표현하는 게 더 가치 있고 의미 있다고 믿기에 이번 시집 '그리운 곡선'을 출간하게 되었다.

마음을 울리는 시 한 수를 쓴다는 것은 너무나 힘든 일인 걸 알지만 '그리운 곡선'을 선보이며 공감할 수 있는 시를 쓸 것이라며 나 자신에게 주문해본다. 본문의 그림은 아내가 시를 쓰는 마음으로 꽃 그림을 그리면서 자연의 아름다움을 표현했다. 손수 그려주어 더 큰 의미가 있고 시를 감상하는 데 도움이 되었으면 한다.

아무리 숙련된 의사도 매번 집도를 시작하여 끝날 때까지 항상 긴장하듯이, 등단 후 첫 시집이라 긴장되는 게 지금의 솔직한 심정이다. 이러한 과정이 반복되어 더 많은 것을 겪으며 새로운 시를 쓰는 계기가 될 것이라고 자위하며 독자들에게 사랑받길 두 손 모아 빌어본다.

늦깎이 문인이 되어 방향을 못 잡아 갈팡질팡하는 나를 사랑과 인내심으로 이끌어주신 시인 하청호 선생님께 진심으로 감사드리며 예서 멈추지 않고 다시 처음부터 시작하는 마음으로 더욱 정진해야겠다. 주위에서 찾아보면 무엇이든 해야 할 일이 많다는 것만으로도 감사히 여기며 오늘도 강둑을 걸으며 맑은 공기에 취해본다.

2021년 한여름

이광렬

보이지 않는 것을 찾아

하늘이 내려준 인연인가
뇌리 속의 아름다운 것들
표현하고 싶어도 마음뿐
여린 걸음으로
차곡차곡 흔적을 남겼다

청초한 이미지가 좋단다
늦었다는 걸 깨달았을 때가
아직 이른 거라고
좌절과 고뇌를 반복하며
억누르는 벽을 걷어내려
상상의 나래에 빠져든다

호젓한 심상을 그린다
모에서 파랗게 치솟다가
누렇게 고개 숙인 벼이삭
그 자리에 서서
보이지 않는 것을 찾으려
빈 들녘을 바라본다
무의식중에 숨결을 읽는다

목차

2부

3부

1부

능소화

수선화

달빛 아래 빚은 향
피어날 그날 위해
외로움도 기다림도 가두어

어느 봄날 수선화
세상 향해 톡톡
뾰족 내민 작은 손

스치는 바람에도
소스라치듯 파르르
터질 듯 터질 듯

햇살 고운 날
펼친 함박웃음
다가서는 봄의 발걸음

백자 항아리

무심하게 앉아있는
식탁 위 작은 항아리
마냥 희기만 한
비어있어도
다 가진 듯

어느 날 찾아온
황매화 한 가지
수줍은 새색시처럼
백자 품에 안기어
뽐어내는 단아함

하얗게 노랗게
물들어가는 그리움
너는 나를 품고
나는 너를 품고

그리운 곡선

가뭇없이 사라졌다
보이지 않아도
향수에 젖어
곳곳에 잠겨드는 정다운 곡선

점점이 이어진 곡선
강물도 휘어가듯
그리움도
휘이훠이 느리게 그려진다

초가집과 고층 빌딩
곡선 그리고 직선의 오늘
높아지고 빨라져 보이지도 않아

한옥의 추녀 달 항아리의 선
굽은 것의 여유
엄마의 우윳빛 젖무덤
익숙하고 포근한 그리운 곡선

[제 158회 월간문학 신인작품상 당선작]

어떤 대화

얼마나 거짓말을 했을까
참을 만하다
다 끝나간다며
몸에 배인 하얀 거짓말
힘들어도 미소 짓는다

전염된 웃음 바이러스
예쁘네요
젊어 보이네요
건강해 보이네요
칭찬과 하얀 거짓말의 조화

속아도 좋은 고운 거짓말
눈감아주는 아량
알면서도 속고
모르고도 속는
착한 거짓말 하얀 거짓말

나누기

혼자는 너무 많아
나누자 공평하게
부담 덜자 다 같이
1/N 점점 익숙해진다

좋아도 싫은 척
잔머리 굴리려다
머리만 어질
허세 부리다 후회하기 일쑤

시대가 변한 건지
내가 변한 건지
1/N 괜찮다
편하고 부담 없다

첨탑 위 새 한 마리

교회 첨탑 위
높이 솟은 십자가
그 위 작은 피뢰침
그 위 새 한 마리

하느님은 보이지 않고
새만 보이네

지나는 사람들
십자가는 보지 않고
새만 쳐다보네

하느님이 내려다보네
새도 내려다보네

하느님은 보지 않고
새만 쳐다보네

식(蝕)

달이
해를 잡아먹듯
구름이
달과 석양을
어둠은
해 달 구름 석양 모두를
어린 갈대는
지난 갈대를 잡아먹고
나는
강가를 걸으며
고독과 눈물을 잡아먹었다

곶감 하나

붉은 계절에
뒤란의 감나무
주렁주렁 속살
탐스럽게 반짝인다

매끈히 발기어지고
줄줄이 매달려
말리고 찬기 서려
흰 분 짜낸다

손에 쥔 곶감 하나
가을 햇살 모두 거둬
달콤하게 담은 가을 맛
입속에 피어난다

엿

철컥철컥 가위질
엿 사시오! 엿 사시오!
널따란 엿판 군침이 절로 고여
빈 병 고철 헌책
엿 바꿔 먹던 그 시절

철컥철컥 자른 엿가락
짧아도 가늘어도 어쩔 수 없어
엿장수 마음이지…

그립다
철컥철컥 멀어져가는 가위 소리
엿가락처럼 잘려나간
어린 시절 그 골목길

막노동

뙤약볕 작업장 기나긴 하루
나르고 자르고
홈 진 쇳덩이 위의 철근
엿가락처럼 싹둑싹둑

내리칠 때마다
온몸에 스며드는 찌릿함
퉁퉁 부은 손
흐르는 땀과 눈물

문신으로 새겨진 상처
하루만 더 참자!
또 하루만…
반복되는 노동의 인내

아픔 잊으려 한 잔 술
고달픈 막노동의 삶
저마다 절박함 안고
내일도 철근 두드리리

막걸리 한 잔

반짝이는 밤하늘
때 절은 시골가게
어묵 한 꼬치 막걸리 한 잔
술잔 위에 떨어진 별

후~욱 하얀 입김
칼바람도 쉬 물러선다
시름 잊는 막걸리 또 한 잔
스멀스멀 취기가 오른다

깊어가는 밤거리
마주보고 웃는다
지친 삶의 모습
긴 그림자로 끌린다

솟대의 꿈

전망 좋은 이곳
그리움이 떠나가도
다시 기다린다

바람 부는 대로
눈비 맞는 대로
흔들흔들 휘청휘청

멀리 내려다본다
사랑도 외로움도
바람에 흔들흔들

그리움에 사무쳐
서러움도 삭인 채
하염없이 휘청휘청

백화(백반증)

손등에 핀 흰 꽃
세월 따라 늘어나
온 밭 다 차지한다

오른손 점령한 후 왼손을 넘본다
점차 넓어진다
뽑아내고 싶어도 뽑히질 않아
온몸을 탐한다

나도 모르게 피어나
여기도 흰 꽃 저기도 흰 꽃
이 땅에
꽃 피울 땅 한 뼘 없나

밭 매는 마스크

들길 걷다 만난 할머니
마른 잎 밟는 소리뿐
굽은 등 흙 때 묻은 손
호미 쥔 채 웃는다

난생 들어본 적 없는
암보다 무섭다는 코로나
행여나 옮길세라
마스크 쓰고 밭 매는 할머니

모두 다 내려놓은 듯
물끄러미 손 흔드는 할머니
아쉬워 돌아보고 또 돌아보고
밭 매는 하얀 마스크

빛이 되길

전생에서 이어 온
쌓이고 쌓인 업
밀려오는 쓰나미처럼
덮어 버려!
쓸어 버려!

오늘도 꿈꾼다
정화된 심신
이어받은 맑은 영혼
아이야!
온 세상 누비며
빛과 소금이 되길

니사금(尼師今)[1]에 부쳐

오랜 기다림
홍조 띤 얼굴
흰 입술 내비치는 속살
때 묻을까 두려워라
모든 혼 흡입하는 그 얼굴 떠올리며
한없이 바라본다

마냥 들떠 온종일 내 가슴에
건강하고 씩씩하게
위세 넘치는 자태
세상에서 주목 받는
유일무이 최고의 홍화소심
애타게 기다린다

매일 교감하며
무수히 회자된
위풍당당
가까이 할 수 없는 황제의 예
고이 품어온 터질 듯 붉은 열기
이제야 터뜨리려나

1) 니사금: 신라시대 왕을 칭하는 말, 여기선 필자가 배양하는 한국춘란 홍화 소심의 예명

2부

백합

오일장터

왁자지껄 시골장터
길모퉁이 쪼그려 앉아
냉이 다듬는 거친 손
파장 땐 웃음이 가득

봄 햇살 상큼한 새순들
다 자란 것 캐내고
덜 자란 것 다음 장에
가득 찬 낡은 광주리

산골 할아버지 할머니
봄기운에 시름 잊었네
손수레 힘겨운 발걸음
장에 오기 예전 같지 않아

고랑 이는 그을린 얼굴
굽은 등 주섬주섬
떠리미[1]라며 다 내주신다
다 두고 떠나는 사람처럼…

1) 떠리미: 떨이의 방언

손국수 한 그릇

길모퉁이 손국수 집
맛있다고 소문났네
배고파서 맛있는지
맛있어서 맛있는지
함께여서 맛있는지

문득 직접 밀어주신
엄마의 손국수
기다리며 얻은 꽁지
부뚜막에 쪼그려 앉아
구워 먹던 옛날 생각

배추전 막걸리 한 잔
새록새록 피어나는
엄마 손맛 칼국수
그리움이 되살아나
순식간에 후루루룩

2020.4.11
MR

이 순간이 지나면

나가 놀고 싶어
앉아만 있어도 졸음이 온다
인내심과 자신감으로 무장해야지
지나가면 돌아오지 않을 이 순간
참고 견뎌내는 거야

하고 싶음 하고
하기 싫음 하지 않는
선택이 아니라 필수고 의무야
무거워지는 눈꺼풀 비비고
세수하고 정신 차리자

지금의 작은 유혹
인생의 크나큰 걸림돌
세상은 넓고 할 일은 많아
하고 싶은 일을 위해
뿌리치고 한 단계 더 올라가자

펜을 꼭 쥐고
눈으로 보지 말고 쓰자
쓰면서 풀고 쓰면서 외우자
길게만 느껴지는 고교수험생
인생의 찰나라고들 얘기하지

나는 주문한다
아프지 않고 최상의 컨디션을
하나라도 더 배우려는 의지를
꿈과 희망 가슴에 품고
한곳만을 응시하고 질주하자

미래가 기다린다
최선을 다했노라 후회는 없다
활짝 핀 밝은 모습
예전처럼 마주앉아
다 같이 즐겁게 커피 한 잔!
굿~럭 파이팅!

연주자의 꿈

산골짝 외딴 집
물 새 바람 소리와 함께
완전한 자유를 꿈꾸며
마음이 가는 대로
내면에서 뿜어내는 회한

꺼진 소파에 앉아
고개 끄덕이며
바라보는 우리만의 세상
단 한 명의 관객을 위해
영혼을 파는 색소폰 소리

고독한 연주자여
밀려드는 절정에
온몸으로 퍼지는 전율
세상을 삼키듯
서러움 집어삼킨다

인쇄소

분주히 아침 해를 맞는다
철컥이는 리듬을 따라
사랑의 메시지 온 천지 가득

창가에 아로새겨진 글밭
펜과 씨름하며
하나씩 하나씩 가꾸어간다

무지개 찾아 꿈을 찾아
뼛속 깊숙이 스미는
마음의 양식 차곡히 쌓여간다

희망찬 내일을 위해
온갖 생각을 담아
철컥철컥 변함없이 돌아간다

진주 가는 길

친구 찾아 진주 간다
웃고 스스럼없는 대화
마주하는 이 순간
버킷리스트 실천을 위해
눈빛을 나눈다

빈손으로 일궈낸 세상살이
벗어나기 녹록치 않아
빙그레 웃는다
시간 되면 돈이 없고
돈 있으니 시간이 없네

함께한 시간 추억에 담고
언제라도 만날 수 있고
격이 없어 좋아
남아있는 우리들의 시간
어깨 겯고 동행하네

웃음

하하하
소리 내 웃는다
웃으니 웃음이 나온다
이렇게 웃은 적 있던가

싱그럽다
새빨간 석류알처럼
속속 파헤치며
새로움 찾아간다

마음 터놓고
꼬리를 무는 이야기
웃음 나눌 수 있는
가까워진 그녀와의 거리

백합

함께

다져진 인연
남겨진 여정 어디로 가나

시선 여기에
새로움 이끌 돈독한 우리

어떻게 나갈까
힘껏 손뼉 치는 지난 선행자들

감춰진 열정
세월 붙잡아 미소 짓는다

춘풍 다가와
숨겨둔 추억 낭만이 되어

지금 이 순간
함께 배우며 다음을 그린다

출발! 제2의 인생

마음은 소녀시대
첫발 내디딘 지 엊그젠데
자의든 타의든
떠나는 맘 다르지 않아
내일이 되면 몸은 그대로인데
갈 곳은 어디에

언제나 반겨주는
지금의 우리
함께하는 친구들이라네
호호호 깔깔깔
얼굴 맞대며
잘났다 샘통 부리네

지금 이대로가 좋아
오늘이 가고 내일이 와도
달라질 것 하나 없어
서러움 잊고
멋진 미래를 위해
이제 새로운 시작이야

잔을 높이 들고 다 같이 부라보!

세상이 아름다워

잊고 싶은 순간
되돌릴 수도
지울 수도 없어
가슴속에 담아두었네

이 순간을 즐기자
움츠린 모습 저 멀리
어깨 쫙~ 펴고
모든 것 보여주리라

아침 햇살 한아름 안고
힘차게 내딛는다
나를 이겼노라
목청껏 노래 부른다

가슴 활짝 내밀며
다시 찾은 이 기쁨
도전 극복 환희
세상이 아름다워라

웃음꽃 바람에 실려

반가이 흔드는 손
웃음 짓는 목소리
상긋한 바람 타고서
내 곁으로 다가온다

무얼 하고 계실까
커피 한 잔의 여유
소박한 우리의 일상
기쁨을 함께 나누네

이따금 스치는 옷깃
걷다가 멈춰 서
돌아보던 눈빛도
또 하나의 예쁜 추억

실바람 타고 온 미소
향에 취해 눈 감는다
웃음꽃 바람에 실려
싱글벙글 함박꽃 피운다

꽃 한 다발

비가 오려나 날벌레도 없다
싱그런 풀 냄새 들이키며
강둑 따라 걷는 길
끝없이 펼쳐진 들꽃과의 동행

짙은 갈대 바람에 흔들흔들
보랏빛 패랭이 노랑 달맞이꽃
이름 모를 들꽃 엮어
꽃다발 만들다 문득 떠오른 친구

품어 키운 고운 딸 시집보내는 날
기쁨과 서운함에 눈시울 붉힐 친구에게
한가득 정성을 담고
신선한 강바람에 실어 보낸다

그녀의 눈빛 속으로

손 편지의 작은 정
사랑을 꿈꾼다
스쳐 지나는 인연
여린 바람처럼 다가와

긴 밤 지나
기지개 펼치며
그리는 입가의 미소

들려오는 그녀 목소리
흥얼대며 따라가도
들킬까봐 멈춰 서
멀어져가는 그대

수많은 사연
꿈인 걸 이제야 깨달아
너울대는 나비처럼
그녀의 눈빛 속으로

당신을 사랑합니다

당신으로부터의 이 공간
깊숙이 들어와 버렸습니다
세상 열어주는 당신
이대로 머물겠습니다

곳곳에서 느끼는 사랑
모두 다 거둬들입니다
저 멀리서의 손짓
마냥 달려갑니다

조용히 미소 짓는 당신
사랑으로 빛나고
응원으로 기운 내
꿈을 키워갑니다

당신과 함께하는 이 순간
마냥 새롭습니다
용기와 희망을 주는
당신을 사랑합니다

데칼코마니

딸아이 오랜 스케치북
남아있는 뒤 여백
오색물감 칠해보고
반쯤 접어 펼쳐본다

예쁜 나비가 훨훨
순식간에 제비꽃
실눈 뜨고 바라보니
우람한 코끼리

가만히 눈 감으니
갈래머리 아이들
까르르 까르르
피어나는 앳된 웃음

풀기 게임

풀기 게임이 너무 재밌어!
꼬옥 껴안고 깍지 낀 아빠 손
하나씩 하나씩 푼다
왼손 오른손 열 손가락 다 풀고
팔을 빼고 다리를 풀고
완전히 탈출!

하나씩 풀 때마다
아빠는 못 이기는 척
슬며시 풀어준다
다시 껴안으면
아빠! 반칙! 소리친다

탈출에 성공이다
만세! 만세! 내가 이겼다
풀기 게임 재미있다
시간 나면 풀기 게임
재미있는 추억 쌓기

사랑해

가족이 최고!
엄마 아빠 사랑해요.
우리 가족 언제나 행복하게

보고픈 두 딸
마지막엔 항상 "사랑해"
큰딸 "나두요" 작은딸 "나도"

딸들의 목소리
눈시울이 뜨거워져
매일 들어도 듣고 싶다

큰딸 사랑해!
작은딸 사랑해!
보고 싶다 많이많이

3부

달개비꽃

낡은 군화

낡은 군화 한 켤레
작아서 발이 아프다
까진 발가락
느껴지는 고통
고문인가 극기인가
휘어진 발가락
안 맞으면 맞춰 써야지
세월이 지나
길들며 맞추어진
군화 속 나의 삶

바디 랭귀지

손짓 몸짓으로 말한다
표정을 보고
눈빛으로 읽는다
세계 공용어다
아~(입을 크게 벌려 주세요)
앙~(이를 꽉 물어 주세요)
어느 누구라도
다 같이 쓰는 말이다

아프냐 괜찮냐는 질문에
예스
노
오케이
단 세 마디
완벽한 의사소통이다
눈빛으로 몸짓으로
무슨 말이든 다 할 수 있어

또 다른 나

네가 나냐
오로지 앞만 보고 걸어왔다
시간이 지날수록
혼자가 더 익숙해진 나
철저히 가두어진 모습
나도 모르는 너의 흔적들
내가 하고도 남이 한 듯
내 안의 또 다른 나의 존재
순간의 영감이 흔적을 남긴다

나인가 또 다른 나인가
되찾고 싶어 꿈속을 헤매어도
깨고 나면 아무런 기억도 없어
눈 감고 차근차근 떠올리며
동화 속 주인공 된 양 마음껏 그려본다
당황스런 순간순간
또 다른 나를 찾아 여기까지 왔다
살아있는 눈빛 아직 희망이 보여
내가 너다

2020. 3.25
MR

인연

깊숙이 멍울져
무작정 찾은 인연의 끈
같은 하늘 아래
만날 수 없는 쓰라림
보이지 않는 혼돈

아파할수록
견딜 수 없는 억누름
한 줄 한 줄 옮긴 애증
원망하면서도
차곡차곡 쌓이는 그리움

소박한 순간의 외침
허공으로 흩어져버려
생채기 감추며
부러워한 타인의 행복
딴 세상 모습이라며
버리기만 했습니다

실낱같은 연의 흔적
평범하게 살고 싶어요
그리움과 긴 기다림
볼 순 없어도
마음까지 지울 수 없어
그저 삭이기만 합니다

가슴을 펴라

망우당의 늦가을 이슬비
차박차박 낙엽 밟으며
저 멀리 흐르는 강물처럼
떠나는 가을 아쉬워하며
다가올 겨울 맞이한다

말 달리는 홍의장군
왜적에 맞서는 의병들
망우당이 들썩인다
수백 년 세월에도
변함없는 구국의 길

피로 물든 이곳
이 한 몸 바쳐
나라 위한 처절한 외침 소리
가슴이 불타오른다
움츠리지 말고 일어나라고

마음속의 해와 달

깊은 숨
들이키며
두 팔 벌린 나

눈 감고
그려보는
미지의 세계

천국
거기가 여기
마음속에 있네

차이

독설 독단 독기
쏟아낸 언어의 틈바구니
유감없이 발휘하는 존재감
들이미는 냉기
감당해야 하는 두려움
균형을 위한 통증
길들여지는 이들

온화 온정 온순
곁에 두고픈 단어들
햇살이 바람을 이기듯
시간이 흐르면 바뀌겠지
가슴속에 피어나는 불씨
아픔은 삭고
포개지는 눈빛이여

마스크 물결

쿵덕기 쿵기덕 얼쑤!
눈치 보느라 억울해도 참았다
탈 속에 숨겨진 내 모습
벗어도 감추고 있네
온통 마스크 물결
가리는 게 익숙해져
마스크 탈 페르소나
양면성 숨김 덮음 가림
덩더쿵 털어내고 싶다
세상은 하회탈 탈춤꾼
둥둥 떠다니는 마스크 물결
거리는 난장 한마당

마음

감추려도 감춰지지가 않아
훤히 비치는 망사처럼
드러난 속내
애써 감싸려 해도
다시 담을 수가 없어

내 것은 이리도 쉬운데
네 것은 양파처럼
벗겨도 알 수가 없네

웃고 있지만 아픈 구석
내보이기 싫어
속절없이 흐르는 시간
슬퍼도 웃고 있는
어릿광대의 몸짓인가

끝없는 사랑

전해지는 사랑
베푸는 정성
님의 소중한 시간
나를 위함이라 믿고 싶어요

끝없는 사랑
뿌리치고 싶어도
달아나고 싶어도
꼭꼭 매여 버렸습니다

팽개치고픈 사춘기 아이처럼
싫은 척 하다가
이내 되돌아와
웃다가 울음 터뜨립니다

냉소

목이 탄다
냉수 한 사발
꿀맛이 따로 있나

칼칼하다
관통되는 목구멍
바로 이 맛이야

찬물 끼얹는 냉소
애써 자위하며
냉수 한 잔

렌착[1]

쓰러질 때까지
떠날 때까지
수달과 올빼미의 관계[2]

행복이 무엇인지도 모른 채
무조건적 희생인가
전생에 진 빚을 갚고 있나

조금만 더 조금만 더
끝없는 희생
깨지 못한 환상

벗어날 수 있을까
갈수록 옥죄이는
일상적 삶의 무게

행복의 비명이다
울분의 칼자루 내리쳐도
다시 반복되는 일상

1) 렌착: 전생에 진 빚
2) 티베트 우화 '수달과 올빼미' 인용

환자와 나

치통으로 긴 밤 지새고
이른 아침 찾아온 환자
오늘 밤은 괜찮을까
내 마음도 함께 아프다

연락두절 불안 초조
기다리며 가슴 졸인다
밝아진 해맑은 얼굴
간밤의 근심 싹 씻긴다

이 아파 고통 받는 환자
찌릿찌릿 내게 옮겨진 통증
한평생 그들과 함께
아픈 마음 같은 마음

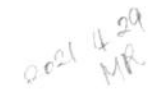

흰 튤립

틀니

— 틀니가 불편합니다

입이 한 입이다
잘 안 씹힌다
떨그럭거린다
위아래 아구가 안 맞다
돌덩이 얹힌 것 같다
잇몸이 개긴다
입안에서 지멋대로 논다

— 또 어디가 불편합니까

말이 샌다
입이 튀어나왔다
합죽하다
딱딱 소리가 난다
입안이 후끈거린다
입이 마른다

아 이제 살 것 같다
지난 세월 잠시 펴지고
문득
잘 익은 옥수수 한 자루 먹고 싶다

할아버지 웃음소리

몇 개 없는 게 대수냐며
없는 대로 잇몸으로 사셨다
세월의 무게 대부분 사라져
다 살았으니 필요 없으시단다
씹기 불편하고 귀찮으시단다
줄어드는 자존감 커지는 상실감
잃어버린 건강 찾아드릴게요

웃고 감추기만 한 아픔
이제야 훌훌 털어 내신다
제대로 씹는 게 소원이시란다
다시 찾은 삶의 의욕과 희망
빈 곳 모두 채워 드릴게요
내어놓기도 채우기도 하시며
마주하며 애써 웃으셨다

잇몸으로 웃으시던 할아버지
간밤에 조용히 떠나셨다
다 채워드리지 못한 아쉬움
어깨 툭툭 되레 위로하신다
움푹 패인 입가의 미소
잘 씹겠다며 헐헐헐 웃음소리
이젠 괜찮으니 걱정 말라고…

어느 노동자의 얼굴

쇠꼬챙이가 눈을 관통하고 입천장을 뚫었다
우째 이런 일이…
고통과 설움의 눈물 삼키며
타국 만 리 열악한 작업현장
가족 생각하며 기계를 만지고 있었으리라

한쪽 눈을 잃고
코를 잃고
윗턱 윗니를 잃고
말을 잃고
웃음을 잃고
삶의 의욕마저 잃었다
모두를 잃은 되돌릴 수 없는 현실
그저 남아있는 아랫니 몇 개

문진조차 힘들었다
또 다른 무게를 주고 떠나갔다
어느 하늘 아래
힘겹게 살아가고 있을
뇌리에서 떠나지 않는 그 얼굴

꽃사랑

어디에서 날아와 어느 곳에 앉을까
노랑나비 살랑살랑 서성이고
솜다리 백합 물망초는
서로서로 부르며
나비를 유혹하네

요술을 부렸구나
분홍 나비로 변했어
백합에도 앉았구나
하얀 나비로 변했어

솜다리 하늘을 날고
물망초도 하늘을 날아
곱디고운 나비 푸른 하늘에 수놓네

잊지 않을 거라고 멀리서 돌아보며
꽃나비 생글생글 미소 짓네
꿈에서 깨어 둘러보네
하늘을 쳐다보며
너만을 기다리네

5월의 햇살 같은 꿈이여
내 푸른 꿈이여

[김영일 작곡가의 노래 가사에 활용]

4부

분홍 모란

서열정리

서열 1위 아내
서열 2위 진이
서열 3위 나
아내 권세에 의기양양한 진이[1)]
진이보다 못한 처지

진이 안은 나
귀엽지만 밉다
이빨을 드러낸다
서열조정 노력했건만 번번이 실패
이미 익숙한 이 생활
평화를 위해 참고 산다

짖지 않고 물지 않게
간식 주고 안아 줘도
좁혀지지 않는 간격
그래도 싫지는 않다

1) 진이: 우리 집 애완견 수컷 말티즈

불빛 하나

어둠과 놀이한다
아무것도 보이지 않는다
창문 틈새로 비집는 바람
보이지 않다고 없는 게 아니다
그냥 느낄 뿐이다

충전기의 빨간 불이 빛난다
이 밤을 지배하고
이 방을 훔친다
별것도 아닌 것이
허공의 중심이 되었다

어둔 불빛 하나로 민낯이 드러난다
불을 켜면 사라질 자리
어둠 속에서 힘을 갖는다
스스로 찬 완장처럼
작은 불빛 하나가 지배하는
어둠은 그들의 세상이다

너와 함께라면

너와 함께라면
앙증맞은 작은 손짓
날아오는 앳된 웃음
꽃이 되어 피어나고
지천에 흩날릴 줄 알았는데

네가 자라 꽃이 되면
빛나는 별처럼
영롱한 보석처럼
깊이 쟁여질 줄 알았는데

꽃비가 흐드러져도
함박눈이 내려도
담담한 나의 가슴
초점 없이 멍한 눈
초겨울 낙엽처럼 바스라져 간다

뜨거운 가슴으로
언제 꽃 피워 보았던가
반짝이는 별 하나
가슴에 품어 본 적 있었던가
텅 빈 내 가슴

벽 속의 나

빈 벽을 보며
한곳을 응시한다
저 안에 내가 그려져 있다
외롭지 않다며 애써 웃고 있다
조용히 고개 숙인다
세월 가도 변하지 않는 일상

빈 벽을 보며
갇힌 나를 꾸짖는다
벗어나야 새로워진다고
아무것도 보이지 않는 벽

머물지 말고 나오라고
망설이는 나를 끄집어낸다
벗어나고 싶다
새로워지고 싶다
벽 속에 나온 나를 발견한다

품은 사랑

외진 가로등 아래
엷은 미소 흔들리는 나뭇잎
그대를 생각한다

몰래 품은 사랑
어딘가에서
스쳐갈 인연이라도
살아 숨쉬는 그리움

그저 눈으로 마음으로
다른 사람과 다를 거라며
주춤거리며
보고 싶은 얼굴 그려봅니다

좁은 세상 살아온 나
단 한 번이라도
생각해 주는 그대 있었으면
그대의 미소에 흔들려도 좋습니다

산책

나도 모르게 이끌려온
아무도 없는 이 길
누군가 지나가며
꾹꾹 다져 놓은 사연
따라가며 풀어보고
새로운 비밀 묻어 놓네

바람소리조차 숨죽인
어둠 내린 숲길
초승달만 길동무 되어
낙엽 쌓인 이 길
휘 둘러보며 걷는다

두근대는 가슴 부여잡고
땅거미 진 저 끝
두 귀 쫑긋 세우며
스치는 바람에 들춰질까 봐
감춘 비밀 꾹꾹 다지며
왔던 길 다시 돌아본다

잠 못 이루는 밤

깊어만 가는 애증의 골
눈 감으면 더욱 또렷해져
등 다독이는데
온데간데없고
어둠 속 남은 체취

이리 뒤척 저리 뒤척
흐느끼는 서러움
베개를 적시고
이불마저 삼킵니다

이전에 못 다한 정성
사무치게 후회하며
눈물로 대신합니다

다시 꿈틀대는 기억
가까이에 있건만
같은 세상이 아니라니
저기 우리 엄마 미소 짓네요

뒤로 걷기

앞으로만 걸어갑니다
늘 바쁘기만 한 우리 인생
뒤로 걸어보았습니다
세상이 훨씬 넓어보였습니다
넘어질까 천천히 걷다보니
오히려 여유가 생겼습니다

앞만 보고 달리다가
삶을 되돌아보듯
뒤로 걸어보니
불현듯 지난 시절이 떠오릅니다

시간에 쫓겨 한세월 훌쩍
뒤로 한번 걸어보면
똑바로 걷기가 쉽지 않습니다
비뚤비뚤 중심이 흔들려도
나도 모르게 많이 지나왔습니다

떠날 날 기다리며

나는
또 다른 세상 다음을 꿈꾸는데
그녀는
언제 또 떠날까 자유를 꿈꾼다

나는
저 멀리 높은 산 바라보는데
그녀는
드라마 보며 다음 회 기다린다

나는
가방 챙기며 떠날 준비 하는데
그녀는
배웅하며 기쁨의 미소 짓는다

가을이 오면

가을이 오면
잊었던 사람 생각나네
하늘 아래
어딘가에 있을 단아한 여인

가을이 오면
그리운 이 더 그리워져
마음 뒤흔드는 낙엽
추억을 여미게 하네

가을이 오면
가슴 울리는 옛 기억들
아쉬움과 미련
미래에 대한 아득함

시간에 떠밀려
지금까지 흘러왔다
마음 나눌 그릇 없고
따뜻한 온기 한 줌 없네

그리움을 그리워하며
시간이 지날수록
내 가슴을 저미네

푸른 자국

가을잎 지듯이
바람에 흩날려도
흔적 같은 그리움

책갈피 단풍잎처럼
깊숙이 묻어놓은
파고드는 그리움

고이 펴는 순간
그리움 되살아나
안개꽃으로 피어나네

스케이트 타다가

모두가 아이 되어
쓰윽쓱 정신없이 돈다
날렵한 아이들 스케이팅
한 바퀴 두 바퀴
멀어졌다 가까워졌다
주르륵 털썩 넘어졌다 일어섰다
깔깔깔 웃음소리

돌다 멈춰 바라본다
찬바람 생생 불어도 좋아
울려 퍼지는 즐거운 비명
숨 가쁜 우리의 삶
시름 잊고 동심을 얻는다
흘러가는 세월 뒤로하며
어느새 나는 아이가 된다

포장마차 안에서

쌩쌩 칼바람 이는 공터 구석
세상 삼킬 듯 펄럭대는 바람소리
틈새로 밀고 들어오는 불청객
서로 경쟁하며 깊어가는 긴긴 밤
열기 뿜어내는 카바이트 불꽃
파란 연탄불에 가슴 녹이며
누군가 기다리는 멈춰진 시간

천막 들추는 어두운 그림자
말없이 건네는 어묵 국물 한 컵
소주 한 병 닭 꼬치 한 개
엉클어진 머리숱에 피는 고뇌
푸념 들어 줄 이 있었으면
고개 떨구며 중얼중얼
술잔 속에 비친 낯익은 얼굴

잊어야만 견딜 수 있는 현실
쓴 소주 한 잔으로 태워버린다
원망스런 세상 어느새 한 병 두 병
행복하게 사는 게 소망이라면
고통스럽게 느껴지는 게 현실인가
비틀거리며 일어서는 뒷모습
살 에는 찬바람만 그를 맞는다

아랫목

갑갑하다
꽁꽁 맨 목도리
들길을 걷는다

바람이 세다
눈이 시큰거려
괜히 나왔다

살을 엔다
따뜻한 보리차
집에 가고 싶다

시린 마음
돌아가고 싶은
마음의 아랫목

사이

주위에 서늘한 바람이 인다
멀리 떨어져 있는 줄 알았다
항상 네게서 달아나려 했다

어느 순간 두려움이 사라졌다
너를 생각하며 함께하기로 했다
이젠 오히려 익숙함마저 든다

시간이 지날수록 지금 이대로
그림자가 다가오듯
손길이 내 머리를 쓰다듬는다

어둡고 차가운 숨소리
살아 숨쉴 때까지
어차피 함께 가야 할 사이인 것을

황혼 즈음

무지개가 피어오른다
회오리치며 온 세상 쓸어간다
때론 살며시 톡톡 두드리다가
때론 소용돌이처럼 휘감아버린다

이글거리는 주피터의 눈
아무도 선택하지 않은 그 길을
휘청거리며 야윈 몸 일으켜
움츠려들어도 초연히 웃으며 간다

이제야 아무나 갈 수 없다는 것을
건넌 후 갑자기 변해버린 모습
내가 아니, 아니라며 고개 저을 때
가을 석양 즈음 그때였습니다

그날이 오면(윤회)

지나온 소중한 존재
파도에 쓸려나가는 모래알 되고
흙먼지 되어 사라져버린 그날이 오면

가만히 웃으며 그려보네
이곳에 해(害) 되는 줄 알았는데
물과 거름 되어 기름지게 하리라는 믿음

그날이 오면
동행할 소중한 친구들
사라져도 꼭 돌아온다는
다시 만날 수 있다는 설렘

비 바람 공기 햇빛 나무 새…
완전한 승화를 위해 함께 노래 부르리
먼 훗날 새 생명이 움트네
또 다른 내가 되어 함께 춤을 추네

소박함과 진솔한 감성으로 교직된 삶의 무늬들

시인 하청호(한국문인협회 부이사장)

이광렬 시인이 등단 이후 첫 시집을 낸다. 필자가 시집의 말미에 독자의 이해를 돕기 위한 비평적 해설 대신 발문으로 쓴 것은 출간에 따른 다양한 얘기를 하고 싶었기 때문이다. 즉 시를 쓰게 된 연원과 세상보기, 삶과 고뇌 같은 것이다. 생각하면 이러한 외재적 읽기는 작품을 이해하는 데 더욱 도움이 되리라 믿어서다.

그는 등단 이전, 이미 두 권의 시집을 상재하였다. 「고래의 꿈」(2018)과 「우리의 세상」(2019)이다.

「고래의 꿈」 프롤로그에서 시인은 '시는 정형적이고 함축적이어야 한다는 기존 고정관념의 틀을 벗어나 -중략- 읽기 편한 시를 격 없이 표현했다'고 말한다. 또한 시는 지식인의 전유물이 아닌 이해하기 쉽고 기억에 남는 시가 진정으로 공감대를 형성한다는 자신의 견해를 밝혀놓았다.

「우리의 세상」에서도 앞서 말한 시작 태도를 견지하고 있다. '시를 쓴다는 자체가 어렵다고 생각하는 선입견을 해소하고 -중략- 일상생활 속의 흥얼거리는 모두가 노래 가사가 되고 시가 되는 것이다.'라고 했다.

그런데 2021년 6월, 《월간문학》 신인작품상 당선 소감에는 전술한 시에 대한 생각이 달라진다.

'심금을 울리는 단 한 줄의 시행을 위해 얼마나 많은 고뇌의 시간과 자신과의 싸움을 극복해야 하는지'라고 했다. 그동안 창작을 위해 얼마나 심혈을 기울였는지 가늠해 볼 수 있다. 나아가 시의 본질에 눈뜨기 시작한 것이다.

이광렬 시인은 필자와 가끔 만나 시에 대한 서로의 견해를 밝히며 시적 방향을 모색하기도 했다. 그는 시에 대한 나름대로의 주관을 가졌다. 따라서 지금까지 일반화된 시작법과 흐름을 쉽게 수용하지 않았다. 뒤늦게 알았지만 그는 마광수의 작품에 심취되어 영향을 받았다. 지금도 마광수의 전 작품집을 소장하고 있다고 한다. 특히 이미지의 형성과 표현 기법은 일부 닮아있다. 작품을 읽어보면 그러한 징후를 어렵지 않게 감지할 수 있다.

그가 변화의 조짐을 보인 것은 다양한 시집과 문인을 접한 이후이다. 소재와 표현, 이미지의 형성에 다양성을 보이기 시작했다. 본 작품집은 초기 시에서 오는 구조적 결함과 이미지의 혼란, 지나친 감정의 유로 등 제반 결점을 어느 정도 극복하고 보완한 시집이라 하겠다.

그는 참 인간적인 면모를 가진 사람이다. 여기에서 인간적이라는 것은 치과의사라는 우월의식에 젖지 않고 수더분한 성정을 가졌다는 뜻이다. 사실 그는 유능한 치의학 박사이다. 다시 말하면 엘리트 의사이다. 소위 제반 여건을 갖춘 의사임에도 도시의 목 좋은 곳에 개업하지 않고 그를 키워준 고향 군위의 작은 시골에서 시작하였다.

첫 시집 「고래의 꿈」 프롤로그에서 고향에 개업을 한 연유를 다음과 같이 밝히기도 했다.

'삼국유사의 고장, 내 고향 군위에서 늘 자연과 함께하며 -중략- 내 텃밭과 작은 정원을 가꾸면서 식물과의 대화를 나누는 일상'을 영위하며 나만의 색깔 있는 글을

쓰고 싶어 했다.

그는 빈곤과 어려움 속에서 공부를 하였다. 농촌의 가난한 편모슬하에서 어린 시절을 보내고, 때로는 친척 집에 얹혀 외롭게 자랐다. 치과대학을 다닐 때는 막노동을 하면서 학비를 벌어야 했다. 이러한 성장배경이 고향의 흙과 바람 속에 자리 잡아 지난날의 응어리진 것을 풀어내고 싶었던 것이다. 그렇게 함으로써 정서적 안정을 희구한 것이다. 그의 시에 오롯이 담긴 신산한 삶이 그것을 반증한다.

이 시집에 담긴 이광렬 시인의 시적 관심은 작금의 세상보기와 자신의 삶, 그리고 짙은 그리움과 페이소스이다. 때로는 성찰을 통한 어둠의 이미지도 표출하고 있다. 그러나 밑바닥에 깔리는 시적 메시지는 건강하고 밝다.

〈I〉

교회 첨탑 위
높이 솟은 십자가
그 위 작은 피뢰침
그 위 새 한 마리

하느님은 보이지 않고
새만 보이네
지나가는 사람들
십자가는 보지 않고
새만 쳐다보네

하느님이 내려다보네
새도 내려다보네

하느님은 보지 않고
새만 쳐다보네

-「첨탑 위 새 한 마리」 전문

선가(禪家)에서는 손가락에 대한 얘기가 있다. 대표적인 예를 든다면 견지망월(見指忘月)이다. 손가락으로 달을 가리키는데 달은 보지 않고 손가락만 본다는 뜻이다. 즉 본질은 외면하고 지엽적인 것에 집착하는 것이다. 여기서 달이란 자성을 뜻한다.

인용한 작품 「첨탑 위의 새 한 마리」는 견지망월의 의미이다. 즉 자성의 눈을 뜨자는 시적 의도가 십자가와 새로 바뀌었을 뿐이다.

그는 여느 사람과 마찬가지로 현실에 적응하고 살지만 근본적인 성정은 사람답게 사는 것이다. 인용한 시는 오늘날 삶의 양태에 대해 사람들이 본질을 잃어버리고 재화나 명예에 집착한 현실을 비판하고 있다.

쿵덕기 쿵기덕 얼쑤!
눈치 보느라 억울해도 참았다
탈 속에 숨겨진 내 모습
벗어도 감추고 있네
온통 마스크 물결
가리는 게 익숙해져
마스크 탈 페르소나
양면성 숨김 덮음 가림

덩더쿵 털어내고 싶다
세상은 하회탈 탈춤꾼
둥둥 떠다니는 마스크 물결
거리는 난장 한마당

-「마스크 물결」 전문

「마스크 물결」은 다의적이 아닌 축어적 의미로 읽어야 한다. 앞서 인용한 「첨탑 위 새 한 마리」와 궤를 같이하고 있지만, 현실의 부조리에 대해 무기력한 자신을 직설적으로 표출하고 있다. 세상을 온통 뒤덮는 가식적인 사회, 그러나 그것을 털어내고 싶지만 행동하지 못하는 나약한 지식인의 모습을 자성하고 있는지도 모른다.

뿐만 아니라 각박해진 오늘의 세태를 꼬집는 다른 작품 「나누기」에서는 '1/N 괜찮다 / 편하고 부담 없다'고 현실과 타협하는 속내를 드러내고, 「어떤 대화」에서는 모르고도 속는 '하얀 거짓말'을 자연스럽게 받아들이고 있다.

앞서 몇 작품에서 감지하듯 화자가 내뱉는 말에 시적 의도가 육화되지 않고 생경하게 개입하는 것은 앞으로 극복해야 할 과제이다.

〈Ⅱ〉

가뭇없이 사라졌다
보이지 않아도
향수에 젖어
곳곳에 잠겨드는 정다운 곡선

점점이 이어진 곡선
강물도 휘어가듯
그리움도
훠이훠이 느리게 그려진다

초가집과 고층 빌딩
곡선 그리고 직선의 오늘
높아지고 빨라져 보이지도 않아

한옥의 추녀 달 항아리의 선
굽은 것의 여유
엄마의 우윳빛 젖무덤
익숙하고 포근한 그리운 곡선

-「그리운 곡선」 전문

외진 가로등 아래
엷은 미소 흔들리는 나뭇잎
그대를 생각한다

몰래 품은 사랑
어딘가에서
스쳐갈 인연이라도
살아 숨쉬는 그리움

그저 눈으로 마음으로
다른 사람과 다를 거라며
주춤거리며
보고 싶은 얼굴 그려봅니다

좁은 세상 살아온 나
단 한 번이라도
생각해 주는 그대 있었으면
그대의 미소에 흔들려도 좋습니다

-「품은 사랑」 전문

이광렬 시인의 주된 관심 중 큰 비중을 차지하는 것은 사랑과 그리움이다. 그것은 가슴에 각인처럼 찍힌 태생적 인연과 원초적이며 토속적인 정서이다. 그의 삶의 공간에 있는 풍광도 그러하고, 그 속에 깃든 사랑도 은근하고 내밀하다. 마음속에 '살아 숨 쉬는 그리움'이며 결코 가볍게 드러나지 않는다. 또한 직선의 차갑고 냉정함이 아니라 부드럽고, 포용하는 곡선의 아량이다. '강물도 휘어가듯 / 그리움도 / 휘이휘이 느리게 그려'지는 것이다.

서정시는 절실함에서 온다. 작품 「그리운 곡선」이 보편적이며 토속적 그리움이라면 「품은 사랑」은 개인적 그리움이다. 특히 「백자 항아리」, 「그리운 곡선」, 「솟대의 꿈」과 어린 날을 회상하는 「엿」에서도 이러한 심상은 여지없이 드러난다. 길모퉁이에 자리 잡은 가게의 「손국수 한 그릇」에서도 엄마를 불러내며, 그리움은 국수 가락처럼 줄줄이 딸려 나오는 것이다. 시인의 그리움, 그 끝은 어디인가 작품 「품은 사랑」에서 하나의 대상에 귀결된다. '단 한 번이라도 생각해 주는 그대 있었으면' 하고 말이다.

「식(蝕)」에서는 '고독과 눈물을 잡아먹었다.'라고 했다. 시집에 수록된 60여 편의 작품 중 10여 편에 그리움이 직접 표출되었고, 그 외에도 그리움과 유사 이미지가 다수 있다. 이러한 시인의 내적 기저는 시를 쓰는 원동력이며, 드러내고 싶은 심상이다. 다소 감정이 절제되지 않고 감상(感傷)적이나 솔직함이 때로는 울림을 준다. 순수한 서정은 그 자체가 맑고 싱그러운 것이다.

그리움은 외로움에서 출발한다. 외로움의 뒷면이 그리움이기 때문이다. 우리의 삶에 있어서 현실적 난제에 부딪혔을 때 사람들은 과거로 회귀한다. 그곳에서 정신적 안식과 위안을 찾고자 한다. 이광렬 시인 또한 그러하다. 다만 그리움이 개인적 감상에서 벗어나 보편성과 공감각적 심상으로 승화시키는 것이 중요하다.

그는 자연과학을 전공한 치과의사이다. 그에게 요청되는 것은 깊은 사유와 성찰을 위한 인문학적 소양을 쌓고 그 바탕 위에 시심을 가꾸는 일이다. 영국의 시인 엘리엇(T.S Eliot)은 '시는 감정의 해방이 아니고 감정으로부터 탈출이다.'라고 했다. 시에는 넋두리나 혼잣소리가 끼어들 틈이 없는 그런 감정의 세계임을 유념해 주었으면 한다.

〈Ⅲ〉

시가 현실에 뿌리를 내려 시대적 상황을 먹고 피어올린 꽃이라면, 작품 「막노동」은 이를 대변해준다. 이광렬의 시에는 겹겹이 쌓인 고통 밑에 자신에 대한 사랑이 묻어있다.

뙤약볕 작업장 기나긴 하루
나르고 자르고
홈 진 쇳덩이 위의 철근
엿가락처럼 싹둑싹둑

내리칠 때마다
온몸에 스며드는 찌릿함
퉁퉁 부은 손
흐르는 땀과 눈물

문신으로 새겨진 상처
하루만 더 참자!
또 하루만…
반복되는 노동의 인내

아픔 잊으려 한 잔 술
고달픈 막노동의 삶
저마다 절박함 안고
내일도 철근 두드리리

-「막노동」 전문

낡은 군화 한 켤레
작아서 발이 아프다
까진 발가락
느껴지는 고통
고문인가 극기인가
휘어진 발가락
안 맞으면 맞춰 써야지
세월이 지나
길들며 맞추어진
군화 속의 나의 삶

-「낡은 군화」 전문

그의 「막노동」의 애환은 「막걸리 한 잔」으로 이어진다. -전략- '칼바람도 쉬 물러서는' '시름 잊은 막걸리 또 한 잔' 하며 '지친 삶의 모습'을 긴 그림자로 끌고 간다. 아마도 그의 막노동은 학자금을 마련하기 위한 고육지책으로 여겨진다. 안정된 현재의 삶에 비해 깊은 상흔으로 남은 젊은 날의 신산함을 끄집어내어 스스로 위안 받고자 한다.

작품 「막노동」은 노동 현장의 고단함을 진솔하게 형상화하고 있다. 아무런 시적 장치 없이 담백하게 흑백사진처럼 그리고 있다. 시는 '언어로 그린 그림'이라고 했다. 너무 사실적이어서 땀내 나는 울림이 있다.

노동의 힘겨움을 견뎌내는 인내의 힘은 작품 「낡은 군화」에도 드러난다. '길들며 맞추어진 / 군화 속의 나의 삶'은 현실에 적응할 수밖에 없는 상황을 자괴한다. 하지만 그는 희망의 끈을 놓지 않는다.

〈Ⅳ〉

치통으로 긴 밤 지새고
이른 아침 찾아온 환자
오늘 밤은 괜찮을까
내 마음도 함께 아프다

연락두절 불안 초조
기다리며 가슴 졸인다
밝아진 해맑은 얼굴
간밤의 근심 싹 씻긴다

이 아파 고통 받는 환자
찌리찌릿 내게 옮겨진 통증
한평생 그들과 함께
아픈 마음 같은 마음

-「환자와 나」 전문

이광렬 시인은 자신의 힘들고 지친 지난날의 감정이입을 통해 환자들과 아픔을 함께하고, 그들에게 사랑을 베풀기를 주저하지 않는다. 인용한 작품 「환자와 나」 외에도 「틀니」에서 환자의 처지를 공유한다. '아 이제 살 것 같다' '잘 익은 옥수수 한 자루 먹고 싶은' 환자의 기쁨에 보람을 느끼기도 한다. 이처럼 그의 시는 담백하고 솔직하다. 이미지를 비틀거나 어긋나게 하거나 멋 부리지 않고 진정성 있는 언어로 다가간다.

진료 중에 얻은 다른 작품 「할아버지의 웃음소리」에서는 '웃고 감추기만 한 아픔 / 이제야 훌훌 털어내는'가 하면, 쇠꼬챙이가 눈을 관통하고 입천장이 뚫린 「어느 노동자의 얼굴」에서는 '한쪽 눈을 잃고 / 코를 잃고 / 윗턱 윗니를 잃고 / 말을 잃고 / 웃음을 잃고' / '그저 남아 있는 아랫니 몇 개'를 보며 환자와 비운을 함께한다. 그는 시인과 치과의사로서 무엇보다 자기에게 절실하며 작품을 통해 현장의 애환을 증언하고 있다.

빈 벽을 보며
한곳을 응시하고 있다
저 안에 내가 그려져 있다
외롭지 않다며 애써 웃고 있다
조용히 고개 숙인다
세월 가도 변하지 않는 일상

빈 벽을 보며
갇힌 나를 꾸짖는다
벗어나야 새로워진다고
아무것도 보이지 않는 벽

머물지 말고 나오라고
망설이는 나를 끄집어낸다
벗어나고 싶다
새로워지고 싶다
벽 속에 나온 나를 발견한다

-「벽 속의 나」 전문

전체적으로 그의 삶과 시는 선형적 사고에 익숙하다. 선형적 사고는 점과 선으로 연결되어 있으며 한 가지 일에 몰두하는 성향이다.

흑백의 구분이 분명하고 논리적 관계가 명확하다. 그래서 그의 시는 단선적이며 이미지가 명징하다. 작품 「벽 속의 나」에서 시적 화자는 곧 자신이다. 그는 반어법으로 외롭지 않다고 한다. 외롭기 때문에 그렇지 않다고 자기 위안을 삼는 것이다. 오규원(吳圭原)은 '시는 사담적 형식을 차용하고 있는 것이지 사담적 이야기를 하고 있는 것은 아니다.'라고 했다. 여기서 말하는 시적 화자 '벽 속의 나'는 우리 모두일 수 있다. 현대인은 관습과 타성의 굴레에 갇혀있다. 모두 탈출하고 싶지만 현실은 그것을 완강히 거부한다. 길들어진 자신에 만족하며 현실에서의 벗어남은 곧 파멸이라는 두려움에 싸여있다. 하지만 그는 끊임없이 탈출을 꿈꾼다. 우리 모두 그러하다. 앞에 닥친 미래의 불확실함에도 말이다.

이광렬 시인은 시를 통해 자기의 정체성을 찾으려고 애쓰며 타성화된 삶을 끊임없이 정화하고 있다. 앞서도 언급했지만 그는 유능한 치과의사이다. 앞으로 그가 갖고 있는 과학적 지성에 인문학적 소양을 더한다면 보다 웅숭깊은 시를 빚어내리라 생각된다.

그의 사슴 같은 눈망울에는 그리움과 외로움이 묻어난다. 이것은 평생 짊어지고 갈 숙명적인 짐이다. 바라건대 이 짐이 제대로 곰삭아 창작의 에너지가 되길 바란다. 시집 상재를 축하하며, 마음 다해 기뻐한다.

이광렬

경북 군위에서 출생하였다.
1982년 대륜고교를 졸업, 1988년 경북대 치과대학, 동 대학원을 졸업한 후 치의학박사 학위를 취득하였다.
158회 월간문학 신인작품상(시 부문)을 수상하여 등단하게 되었다.
현재 한국문인협회회원, 군위문인회회원으로 활동하고 있으며 이광렬 치과의원을 운영 중이다.
저서로 「고래의 꿈」, 「우리의 세상」이 있다.